STEIDL

taschenbuch 191

Sarah Kirsch, geboren 1935 in Limlingerode im Südharz, lebte als Schriftstellerin seit 1968 in Ost-Berlin und ab 1977 im Westen der Stadt. 1983 zog sie in das alte Schulhaus eines Dorfs in Schleswig-Holstein. Im Steidl Verlag erschienen ihre Bücher *Nachtsonnen, Wasserbilder* und *Spreu.*

Sarah Kirsch
Islandhoch

Steidl

Brúarfoss. Die neue Ausrüstung lag wochenlang auf dem Dachboden und wir erfreuten uns dran. Liefen auch ab und zu in den federleichten Gebürgsschuhen hier durch die Sümpfe, Max mit den Etiketten. Seit Anfang April hatte es keinen Regen, seit Mitte Mai nur Hitze gegeben, 30 Grad jeden Tag, dass gar nichts dagegen sprach sich im Norden itzt abzukühlen. Am 29. Junius 92, dem Tag mit dem schönen Spiegeldatum, warteten wir auf das Schiff die halbe Nacht. Nun schon die ganze Expedition im Hamburger Hafen. Der Meister hatte bis zuletzt noch gedruckt, Margarita ihre Schüler schikaniert. Das Schiff heißt Brúarfoss und wir bekamen Klefi Nummer 5, jetzt alle zusammen, da es angeblich Überbuchungen gab. Die aussteigenden Passagiere mit verrotteten Sträußen vom Gletscherhahnenfuß in den Fäusten, sie sagten, dass auf der Insul nur Regen herrschte, außerdem ne grässliche Kälte, und sie hätten ab Schottland gekotzt. Da fürchtete sich der Meister und wollte gleich sein Pflaster aufkleben. Wir klapperten das Fallreep empor und fanden in unserer Kajüte ein bisschen Bettwäsche und Handtücher vor. Wir sind höchstens geduldet hier auf dem Schiff und müssen die Köppe einziehn. Der Isländer dient nicht, richtet keinem die Betten. Die Nacht ging dahin mit Löschen und Stauen. Die Kranbrücken mit ihren Laufkatzen hoben die Container voll eisiger Fische flott auf, ägyptisch anmutende Kampfwagen hoch in den Lüften, viereckige Göttinnen welche die Arme zum Himmel schmeißen. Später die Schachteln uff den Erdboden knallen, worauf ne andere Kranart, hellrote Stelzensaurier nahen, über die Quader herfallen, sie zwischen die Schenkel pressen und damit dem Flutlicht entkommen. Schließlich legte das Schiff ab, da sind wir eingeschlafen.

Lotse an Bord. Als ich am nächsten Morgen die Augen aufriss, steuerten wir gerade den Elbtrichter an. Kernkraftwerke und die Viertel der Reichen. Helmut und Loki saßen auf der Terrasse, schnupften ein wenig. Im Alten Land Selbstschussanlagen gegen die Stare. Hörte sich seltsam an. Wir haben die Fenster zugeschraubt, hoffen auch auf die Klimaanlage. Der Lotse ging von Bord. OK! sagte er, sprang in das abholende Boot. Ich suchte den Purser und kaufte Rotwein für die Expedition. Die Brúarfoss transportiert zwischen den Containern vier entzückende bunte Dampfmaschinen. Max sollte sie fotografieren bevor sie ausgeladen werden. Bizarre Gestalten zwischen geklonten Containern verkörpern sie hier die Kunst. Und nun gewinnen wir die offene See. Ich steh auf dem obersten Deck mit Eric Clapton. Schreibe unter dem Rettungsboot auf Deck C backbord. Rote Algenteppiche werden durchschnitten. Ein schönes feingliedriges Fuchsrot. Zu Mittag gab es clock 12 erst ne Champignonsuppe, dann Kottfisch. Das ist ne Fischmaulangelegenheit mit Barteln und Knorpeln wahnsinnich gut. Man muss ne Technik entwickeln auf die festgeschraubten Sessuln gelangen. Wenn man keinen Randplatz bekam. Milch, Koffie, Zucker und Salz ist alles angeleimt. In einem verschlossenen Glaskasten an der Wand pendelt die Rettungsanleitung. Bisher gibt es acht Passagiere. Die ich mir exzentrisch vorgestellt hatte.

Prinz-Polo-Kekse. Heute legen wir nirgendwo an. Das bedeutet eine ruhige Nacht. Im Livingroom mit den schwankenden Gletschergemälden haben wir Stammplätze nun. Sitzen mit einer Berliner Familie am Tisch. Sehr feine Leute mit gut erzogenen kleinen Söhnen. Die Mutter redet und redet, da sie eine gute Hausfrau und demzufolge oftmals einsam gewesen ist. Wir erfahren, zu welchem Zeitpunkt sie am Kaffee Gefallen fand und dass sie als Kind dachte, was die Mutter mit dem Kaffee bloß hat. Und so weiter. Der Mann ist eher still. Sie wollen auf Island zelten. So wie vor sechzehn Jahren. Die Kinder sollen das erleben. Zum Kaffee gab es Prinz-Polo-Kekse aus »Seelsorge am Gletscher«. Haben wir sofort erkannt.

Sonnenstuhl. Scharen weißer Schmetterlinge fliegen die Brúarfoss an, selbst auf der offenen See. Die blauen Container locken sie an. Die beiden mondänen Ladies besetzen meinen Platz unter dem Rettungsboot. Es ist kein Sonnenstuhl übrig. Lackschwarz mitm kleinen Jadesaum ist jetzt das Meer.

Wasserfarb. Es ist, wenn man vorausschauend über der Kapitänsbrücke dasteht, einfach ne meditative Angelegenheit. Die herrlichen wässrigen Farben, Algenblütenkolonien, von den Bugwellen des Schiffs wie ein Leopardenfell auseinandergezogen. Das Vibrieren des Schiffsleibs, der Fahrtwind, ab und zu ein Seelchen von Schmetterling, versetzen in Trance. Den Sonnenuntergang wollten wir auf dem Vorschiff erleben, dort hinzugelangen mussten wir durch Container-Gassen steigen. Dann war es wie auf einer Bühne. Wir hatten Stahlkisten als Tresen für die Getränke, den Käseteller, wir tranken aus ordentlichen Gläsern und sahen das Meer herumgeistern, und dass es schließlich Krönchen bekam. Die Kulissen wechselten, schwarze Wetterwände wurden hereingeschoben und türkisfarbene Himmelsfenster taten sich auf, Schiffe schmückten den Horizont. War ne exzellente Szenerie und wie für ne besondere Aufführung arrangiert, etwas das dann nicht stattfinden konnte. Die Sonne ist vor ihrem Untergang ohne Gepränge im Nebel verschwunden.

Hakenkreuze. Wir schippern die niederländische Küste entlang, ein Lotse begleitet uns wieder. Schöne Städte wechseln mit Raffinerien, schlichten Kernkraftwerken ab, umgeben von Windkraftanlagen. Wir fahren auf Antwerpen zu in den Trichter der Westschelde hinein. Mittags sollen wir den Hafen erreichen. Könnten einen Landgang einlegen. Morgen den Trichter wieder zurück, in Rotterdam löschen und laden. Sechs Uhr früh stand ich an Deck, als die isländische und die Schiffsfahne aufgezogen wurden. Letztere trägt ein blaues Hakenkreuz auf weißem Grund aber nicht erst seit gestern. Alle Gläser und Teller sind ebenfalls mit solchem Zeichen versehn, was dennoch starker Nerven bedarf. Die Schleuserei und das Anlegen im Hafen haben sich dermaßen hingezogen, dass der Käptn uns nicht zum Landgang entließ.

Isländer von Bord.

Im Hafen von Antwerpen sind zwei von den isländischen Pferden, die wir unter Deck ein paarmal besuchten, ausgeladen worden. Ein silbergraues und ein braunes standen in einer Containerbox auf dem Perron im Verladegetöse. Ich sagte ihnen, die Reise sei für sie sicher ein Scheiß gewesen. Aber gleich würde sich alles ändern. Sie bekämen einen pyramidalen Stall und blaues Heu soviel sie nur wollten. Als ich von meiner Hafenrunde zurückkam, wurden die Pferdchen schon abgeholt. Sie befanden sich bereits in einem Pferdeanhänger. Der Abholer wusste anscheinend, dass ich nach ihnen Ausschau hielt, öffnete noch einmal die Tür. Na seht ihr! sagte ich. Die beiden sprachen: Bless! Bless!

Untertassen, Gäbelchen von der Titanic.

Wir liegen in Rotterdam im sogenannten Britannienhafen vor Anker. Die Verladerei wird Stunden dauern, und wir können mit einem Taxi in die Stadt reinfahren. Es hat sich vieles verändert seit ich hier gewesen bin. Zu »Poetry International« 1975 wahrscheinlich. Wir liefen an großen Motorschiffen und Hausbooten entlang, die zwischen ehrwürdigen Seglern lagen. Regen trieb uns ins Schifffahrtsmuseum, wo es Glanz und Elend der Luxusliner, den Höhepunkt der Schifffahrt um die Jahrhundertwende zu begutachten gab. Untertassen und Gäbelchen von der Titanic, Seekarten und längsaufgeschnittene Schiffe. Hörte den Albatros schrein.

Lektüre. Von Rotterdam Seaport rüber nach Immingham, was vieler Manöver bedurfte, unseren Blick für Häfen und Frachtschifffahrt wieder geschärft hat. Vertraut die postmodernen saurierhaften Kräne, in deren Kopp ein Arbeiter auf gläserner Bodenplatte sitzt, durchblickt und die Container bewegt. Wie sie schweben und kleinere Kräne sie übernehmen. Zollbeamte alles absegnen müssen. Ab jetzt geht es wirklich in nördlicher Richtung, wirds von Tag zu Tag kälter, man schert sich nicht mehr um Sonnenstühle. Zieht einen zusätzlichen Pullover an. Der Meister und Margarita, »die Freundin!«, wie er oftmals begeistert ausruft, liegen schon in der Koje. Er liest »Seekrankheit auf dem Atlantik«. Will uns später ne Zusammenfassung geben, damit wir wissen, was nach Immingham auf uns zukommt. Die bunten Dampfmaschinen sind nimmer an Bord.

Vorstellung. Die kleinen Schiffe werden gebeutelt, bei denen schweben die Blumenvasen glatt vom Kaminsims.

Seenotraketen. Bei Sonnenuntergang standen wir wieder auf dem Vorschiff. Tranken Rotwein, während es in den Ankerlöchern rülpste und röhrte. Wir mussten breitbeinig wie die Seebären gehen, die Dünung auszugleichen. Im Norden türmte sich eine samtschwarze Wand auf, die uns verschlingen würde. Als die Sonne die Horizontlinie berührte, fotografierten wir uns per Selbstauslöser mit erhobenen Gläsern vor einem eisernen Kasten, worinnen sich wahrscheinlich Seenotraketen befanden. Erblickten auf höchstem Containergipfel die Münchner Ladies, die öfters auf solchen Frachtern gereist sind. Angenehmeren Linien, wo sie am Kapitänstisch aßen. Sie schwärmten von einem finnischen Erzfrachter, dessen zuvorkommende Mannschaft sie zum Landgang einlud. Was wir seltsam finden, ist der Umstand, dass sie nach zwei Tagen Reykjavík die Rückreise antreten. Max sagt, sie lesen dicke Schwarten von Frau Gorbatschowa und über das englische Königshaus. Lassen sich vom Sohn des Stewards von Zeit zu Zeit den Fernseher korrigieren, damit sie Steffi Graf Tennis spielen sehen können.

Der Regen von Immingham. Mit der englischen Begrüßungsflagge erreichten wir Immingham. Das ist ein altmodischer Hafen, keine Saurierkräne, keine fliegenden Göttinnen hier. Wir tauschten beim Zahlmeister ein paar Pfunde ein und fuhren mit dem Doppeldecker nach Grimsby. Sah ich wieder die Häusgens mit ihren Kaminen, die Gärtchen die Rosen mit schweren Köpfen. In Grimsby war nix los, stand nur ein postmodernes Einkaufszentrum, das uns den Regen vom Hals hielt. Es sind noch mal Passagiere an Bord gekommen, ein Paar just married. Jetzt sind wir mehrfach überbucht, dass es irrtümlich geschah, das glaube ich nimmer. Entweder es springt wer ab, oder die Überzähligen bewohnen das Krankenzimmer. Das war der Regen von Immingham darling, der mich so schusslig gemacht hat, dass ich dich einfach vergaß.

Vorwärts und rückwärts. Außer den Hochzeitsreisenden haben wir fast noch Tiger an Bord genommen. Doch die schönen bunten Circuswagen haben sich als Karussells und Losbuden entpuppt. Was sollen Tiger am Gletscher. Wir haben immer noch nicht ablegen können, sind gänzlich eingekeilt von Portugieser und Russen. Schließlich bewegen wir uns ein wenig. Tor Dania und Patria verkeilen uns weiterhin. Wir fahren mal vorwärts, dann wieder retour. Entfernen uns sehr langsam vom Quai. Zentimeterweise. Und dann kommt erst die Schleuse! Müssen sich die Schiffe wieder sortieren. Noch sind beide Tore offen.

Schreibplätze. Das Schiff dümpelt brav vor sich hin. Ist hoch beladen. Von der Brücke kann der Käptn gerade noch über die letzte Lage Container peilen. Wir sind auf der Höhe von Schottland zeigt der Radarschirm. Die Zeit der Liegestühle ist Vergangenheit, und es gibt für uns keinen anderen Hafen als den der Weißen Insel. Wir werden drei Tage drei Nächte fahren ohne etwas aus- oder einzuladen, ringsum nur Wasser. Ich hab die eine Münchnerin in wunderbarstem weißen Ölzeug getroffen. Sie befürchtete, das Schiff würde nun rollen. Sie kennt sich mit allen Dienstgraden aus, weiß wer der Erste Offizier ist und was die anderen sind, selbst wenn alle nur in Pullovern rumrennen. Ich schau mich um. Es gibt Ausgucke und Schreibplätze genug auf dem Frachter. Und noch das Vorschiff für gelungene Sonnenuntergänge.

Vierzig Zylinder. Heut ist ein perlmuttgrauer Schreibtag für mich. Der Meister hat seine Antenne gespannt und hört die Deutsche Welle an Deck, wenn er sie denn findet. Der Maat hat schon gefragt, ob er von der Stasi sei. Und wir sind in die Eingeweide des Schiffs gestiegen, wo das Geheimnis der Zylinder (vierzig Stück) gelüftet wurde. Es ging mehrere Stockwerke tief, der Lärm war gewaltig. Max hatte Odinseidank! Ohrenschützer gefunden. Eine Schaltwarte hinter einer gepolsterten Tür die reinste Oase. Punkt 11 Uhr waren wir wieder an Deck, die Laxfoss das Schwesterschiff sehn. Die zwei Riesen brummten und tuteten sehr, war wie unter Walen. Der Ozean ist jetzt gleich der Atlantik.

Eislandblüthen. Wir sind immer noch auf der Höhe von Schottland, sagt Max, der von der Brücke kommt. Das Meer ist schwarzblau, gerade war es grün. Kleine Wogen mit überkippendem Schaum. Außerordentlich schön. Es ist wieder etwas wärmer geworden, 18 Grad zeigt das Thermometer. Auffem Schiff bin ich glücklich, da beißt keene Maus einen Faden ab. Und einen Gedichtband »Eislandblüthen« von 1904 hab ich auch noch und Max einen niederländischen Krimi, was brauchen wir mehr. Der Meister liest keine Krimis, weil er sie dann ausführlich träumt. Jetzt scheint sogar die Sonne und die Liegestühle haben wieder Liebhaber gefunden. Die Passagiere trinken »best Icelandic water«, wie es ihnen täglich angepriesen wird, ja es ist köstlich, und ich kann mir außerdem noch halbmondförmiges Eis reinhaun. So lebt man an Bord und wenn nicht gerade der Stellvertreter kocht, ist alles prachtvoll.

Der Atlantik. Jetzt kann ich mit dem Fernglas die letzten Strände Nordschottlands sehn. Kaum besiedelt. Ein paar Masten, wenige Häuser. Und Hügel und ein paar Felder. Oftmals gelbe, als blühe dort Raps. Ich weiß nicht ob das möglich ist, wir schreiben Anfang Juli inzwischen. Die Wellen sind größer jetzt wo gleich alles in den Atlantik fällt. Der Jahreskalender vorhin in der Messe, wieder nach Seemannsart in einem Kasten eingeschlossen, er hatte Schlagseite nach backbord. Es sind Rapsfelder, ich hab es mehrfach und deutlich gesehn. Im Moment haben wir die Küste hinter uns gelassen, der Atlantik umfängt uns. Der Seegang wird noch stärker, ein Feuerschiff liegt vor uns. Habe mir auf dem Radar das Ende Schottlands angesehen. Die langsame anbetende Annäherung mit der Brúarfoss an die Weiße Insel ist die richtige Art in aller Spannung. So weiß ich wo das Land da liegt. Weit im Ozean drin hoch im Norden. Vom Flieger aus kann man das nicht kapieren.

Saugfüße. Es gab zum Dessert wundervolle Eierküchlein mit Rosinenmarmelade. Rosinen sind das Obst der Isländer wohl. Inzwischen schwankt es ganz nett. Den ersten ist schlecht. Ist aber überirdisch schön, so sanfte Kurven und weiche Dreher. Ein großzügiger Schaukelstuhl. Die Brúarfoss fährt jetzt sehr flott. Die Isländer gehen auf dem Schiff, als ob sie Saugfüße hätten. Der Meister versorgte sich mit einem Pflaster gegen die Seekrankheit. Dabei sind noch Fischerboote mit Auslegernetzen draußen. Und wahrscheinlich macht das Pflaster stumpf oder müde, was die Freudenanfälle beim Anblick der See und des Lichts einschränken würde. Werde mir solches Pflaster verkneifen.

Walkman. Es ist sehr angenehm und auch verrückt, sich auf dem leeren Ozean Chopinwalzer durch den Schädel zu jagen, während das Schiff einen voranträgt. Hab ich ununterbrochen in den letzten abscheulichen Tagen auf der Fischerinsul gehört, in Ostberlin in der ausgeräumten Wohnung. Eine Lecktmichamarschmusik. Waren meine charmanten Verbeugungen nach der DDDR hin als ich mich letzthin entfernte. Es war so langweilig in dem Land, dass man jede Veränderung bejubeln musste, und wäre es auch der Tod gewesen. Oh die bezaubernden Walzer! Ich tanzte mit meinem Kind über die Mauer. So liegen sie mir ewig spöttisch am Herzen.

Fundstück. »Außer dem Schafe ist für den Menschen das wichtigste Haustier das Pferd hier in Island. Auf dem Pferde durcheilt der Eingeborene die weiten öden Räume seines Eilandes. Es trägt ihn mit derselben Sicherheit durch den reißenden Fluss wie über das steile Berggehänge und das grundlose Moor. Dem Pferde ladet er alle seine Lasten auf; und was genießt es für die kostbaren Dienste, welche es ihm leistet? Vielleicht dass es im Winter Hungers sterben mag! Die kleinen isländischen Pferde sind ungemein genügsame, ausdauernde flüchtige Tiere. Hafer lernen dieselben in ihrem Leben nicht kennen. Wenn man auf der Reise an der Station ankommt, werden sie geknebelt und auf die Weide fortgejagt. In langen Wintern wird ihr Schicksal gar traurig, besonders im Südlande, wo sie während des ganzen Jahres in keinen Stall kommen. Sie müssen sich die Gräslein unter dem Schnee vorscharren und, wenn sie da nichts mehr finden, mit Seetang fürlieb nehmen. Viele gehen zugrunde. Nie kommt eine Decke auf den Rücken dieser Pferde, und alle anderen Vorsichtsmaßregeln, die wir bei Pferden ihrer Gesundheit wegen beobachten, kennt man in Island nicht.«

Untiefen. Wir wallen an Inseln und Landzungen lang. Der Meister sagt, die See würde kochen. Der Himmel ist parallel zum Horizont mit breitem Pinsel zugestrichen worden. Ich sehe wo frisch eingetaucht ist und wie die Farbe dann abnimmt. Bevor man etwas beschrieben hat, sieht es anders aus. Es gibt viele Leuchttürme und weiße Marine-Anlagen, kleine Siedlungen und Felsenlinien. Das starke Schwanken des Schiffs hier ohne den geringsten Wind rührt von den Untiefen her. Mitunter hat ein Schiff nur 14 Meter Wasser unter dem Kiel, dann wieder 70, so schwappt der Atlantik ewig herum. Die Brúarfoss hat sieben Meter Tiefgang, da gehts uns ja Gold.

Just. Schon sind die Orkney-Inseln, Rundlinge in Stumpfgrün, rosabeleuchtet vorübergezogen. Und während ich ihnen liebevolle Blicke zuschmeiße, erhält der mir bekannte Compositeur in Kiel den Hindemith-Preis. Schön sind beide, die Orkneys und der Hindemith-Preis. So ähnlich gingen meine Gedanken als ich mich im oberen Bett eingerollt hatte, den pendelnden Horizont stets noch vor Augen.

Na bravo! Die Brúarfoss, die Schlagseite hat, kommt gut voran. Sie liegt backbord tiefer. Letzter Beweis der Kalender an der Wand im Saloon. Große Not herrschte am Morgen: die Hälfte der Passagiere hatte versäumt, die Uhren zum zweiten Mal eine Stunde zurückzustellen, dass sie umsunst! und fassungslos! auf die leeren Tische starrten. Großes Geschrei. »Wo es doch nur der Morgen ist, wo mir vergönnt ist, ein paar Stunden zu schlafen!«. Eine von den Dirndln aus Munich. Die Mannschaft pumpt das Schiff wieder in die Horizontale. Da waren die Passagiere froh. Der Choleriker aus Lübeck kriegte beim Frühstück einen Anfall, weil jemand Brot im Toaster vergessen hatte. Wahrscheinlich der Arktische Koller.

Nachmittags kamen Wellen mit Zungen auf. Ich habe wahrhaftig einen Akvareller auf dem Nordatlantik gemacht! Kurz vor Zwölf dieser mehrfach umgestellten Zeit. Mit Haarspray fixiert. Am Nachmittag kamen Wellen mit Zungen auf. Das ist eine hübsche Steigerung zu den Krönchen vom Morgen. Der Meister geht den kochenden Ozean fotografieren. Hoffentlich bleibt er an Bord. Die Reisegesellschaft zerfällt schon. Manche hasst man bereits. Habe das Islandbuch des Gustav Georg Winkler von 1861 zuende gelesen. Für das Irre hatte er keinen Blick, nicht für das glücklichmachende Licht, die reinen Farben. Die Leere war ihm unheimlich und er vermisste bayerische Wälder. Natürlich war er wacker in seinen riesigen Wasserstiefeln, mit Kisten und Kasten. Und alle Widrigkeiten getreulich uffgeschrieben für andere Bayern.

Die Weiße Insel. An diesem neunten Morgen auf See war es, dass ich die Westmännerinseln entdeckte. Sie lagen wie Walfische da und ich begann sie zu zeichnen. Inzwischen wird das Deck gescheuert für die glorreiche Rückkehr. Danach hat die Mannschaft zwei Tage frei, dann folgt wieder ne Tour hin und zurück, und schließlich erwartet sie ne Woche Urlaub. Plötzlich sind sie redselig geworden und man hört isländische Sender aus ihren Kabinen. Der Stockfisch von Kapitän winkt mich in sein Zauberschloss auf die Brücke, wo ununterbrochen Funksprüche eintreffen und die unterschiedlichen Radiowellen durcheinander wuseln. Schon sind die Sander vor Island zu sehen, sepia und erdgrün, milde und raue Farben. Alles in leichte Nebel gehüllt, stahlblau die See. Die Deckscheurer pfeifen und singen, so sehr freun sie sich auf die Weiße Mutter.

Vulkanasche. Das exzessive Scheuern aber der Brúarfoss hatte auch mit dem Niedergang einer größeren Menge Vulkanasche zu tun. Hübsches schwer zu beseitigendes Zeug: umbragepünktelt das ganze Schiff. Wir dümpeln die letzten Kilometer die Küste entlang. Der Meister mit Sehstörungen von diesem Pflaster gegen das Kotzen. Am Mittag erwartet uns schon die Henkersmahlzeit. Die Betten sind abgezogen. Der Kurs ist eingestellt, gegen 16 Uhr werden wir im Hafen von Reykjavík anlegen.

Blühende Bäume. Was der alte Winkler anscheinend überhaupt nicht wahrgenommen hat, sind das nördliche Licht, die surrealen Farben, wie par excellence bei der Einfahrt jetzt. Schwarze verhangene Tafelberge, die Hallgrímskirche in fahler Beleuchtung, die Lichtblitze schmeißende neue Glaskuppel auf dem großen Wasserbehälter. Kam der Zoll an Bord, dann konnten wir zu unserem Lieblingshotel aufbrechen. Die mutigen Vogelbeerbäume von der schwedischen Art, die ich stets bewundert habe, waren mit Blüten bedeckt! Solch kleine Hauptstadt, verrückt zusammengewürfelt, was den Baustil betrifft. Es ist ein Segen, dass hier lange Zeit kein Lehrstuhl für Architektur existiert hat, die Studenten in die Welt ziehen mussten, mit Wahnsinnsideen zurückgekehrt sind. Da ist mein Lieblingshotel in meiner Lieblingshauptstadt, sage ich. Aber, antwortet Max, denk an das »Hotel Anna« in Helsinki! Naja, wenn ich in Helsinki bin muss ich mich neu entscheiden.

Aegir. Übrigens war auf dem Schiff, jetzt an Land fällt es mir ein, ein Beschwörungszauber vollzogen worden. Auf die oberste Eisenstufe der Steuerbordtreppe war »Aegir« gekratzt.

Selbstverständlich. Wir nehmen die Wasserhosen auch mit. Luftfeuchtigkeit 200 Perzent. Erst zankten sich der Meister und Margarita über die richtige Ausfahrt und dass man sich vielleicht ne vernünftige Karte leisten sollte, dann waren wir bestens unterwegs und gelangten über Heiden, Geröll und Steinwüsten im Regen ins Haukadalur, wo die Geysire sprangen. Ein weites dampfendes Feld. Gab Hüpfer in allen Größen, allerliebste Babygeysire, einfach in jeder Farbe und mit divergierendem Schwefelgestank. Sprangen in ihren Töppen wie es Bunsen erklärt hat. Heutzutage will der Große Geysir sich nicht mehr erheben, auch ist es nimmer opportun ihn mit Schmierseife zu zwingen. Der zweitgrößte aber der Strokkur tat seine Pflicht. Besitzt einen leuchtenden smaragdenen Kern und macht den Zirkus oft dreimal hintereinander. Bevor die kleinen Geister dort stiegen, wallten sie ein bisschen herum, und wenn sie ganz kribbelig waren, legten sie los. Es regnete ununterbrochen, aber wir hatten die Wasserhosen an und unsere Wunderjacken aus Irland, was sollte da noch geschehn. Zwischen den Wasserbäumen breitete der blühende Thymian sich aus zufrieden über so warme Füße. Auch die Ranunkeln standen dort gern, nur der Löwenzahn hatte beleidigt die Blütenblätter verknotet, wollte die Sonne sehn. Die Menschen kämpften mit ihren Schirmen im Wind, hetzten vor explodierenden Wassersäulen zurück. Unzählige Fotoapparate waren im Anschlag auf den unzuverlässigen Strokkur.

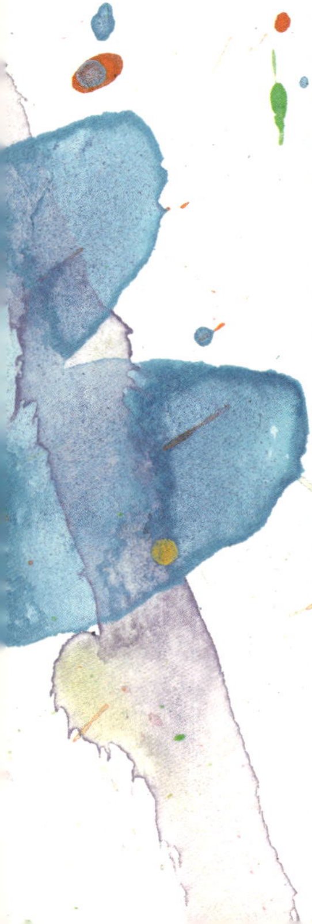

Wasserfall. Später am Gullfoss sind wir in ein Märchen eingeschleust worden. Die vielen stürzenden Fälle nebeneinander, die anscheinend verharrende närrische kochende Gischt. Das Wasser war süchtig abzustürzen. Ein geringes Zögern mitunter und ruhigere Stellen im Rüschengewand. Enorme Verschleierungen und plötzliche Attacken auf den Fleck zu, wo die Betrachterin stand. Feucht in ein Coffeehouse schließlich. Dort saß auf dem Klo bei offener Tür ein klatschnasser Mensch, sein Rad draußen an die Mauer gelehnt, sich etwas zu trocknen erwärmen und las und las sehr versunken »Das wiedergefundene Paradies« von Laxness aus dem Steidl Verlag. Das fand ich ermutigend wie Menschenschlangen vor Buchläden oder Museen.

Fundstück. »Sobald der Kabeljau in jenen Zustand der Trockenheit übergegangen ist, in welchem man ihn genießt, hat sein Fleisch eine solche Härte erlangt, dass es den besten Zähnen widerstehen würde. Um ihn speisen zu können, muss er zuvor weich geklopft werden. Vor jedem isländischen Haus befindet sich ein großer Stein mit ebener Oberfläche, auf welchem diese Präparation mittels eines Hammers, der ebenfalls ein Stein, vorgenommen wird. Der gebläute Fisch mit einer dicken Lage Butter bestrichen geht dem Isländer über das beste Brot. Ohne den getrockneten Kabeljau möchte er nicht leben, weder der wohlhabende Bauer, noch der arme Fischer.«

Zeitsprung. Durch die Schlucht im Thingvellir, der Kontinentalverschiebungsspalte, bewegten wir uns von der eurasischen auf die amerikanische Platte zurück. An Straßenarbeitern vorüber, die Abbrüche und Trampelpfade in Ordnung brachten. Hier befand ich mich vor drei Jahren in einem Schneesturm. Jetzt lag der Thingvalla-See schwarz vor unseren Füßen und die Kätzchen der zwergwüchsigen Lapplandweiden lockten kleine Hummeln an. Die kippelnden Schreie der Austernfischer nahmen kein Ende, der Gletschermohn schüttelte seine Köpfe und die Grabkreuze auf dem Friedhof sehen dunkelgelb in meiner Erinnerung aus. Wir betraten die kleine Kirche, die jenseits der alten Thingstätte steht, und ich kletterte mit Max auf den Glockenturm. Konnte von der Empore den blaugestrichenen Himmel anfassen und einen Stern. Es war schön dort in dem berühmten Motiv aus isländischen Reiseführern. »Ach wären wir doch eingeschlossen!« sagte ich, »ich hätte Sturm läuten können zu unserer Rettung.« Dann ließ sich die Tür wirklich nicht öffnen, ich läutete, die Kirchentür wurde aufgesprengt von einem Bischof im Jahr 1862 an einem Feiertag. Das war mit der Einladung zu einem Murta-Essen verbunden, jenen besonderen Fischen aus dem See.

Das Unterwegsgepäck. Heute verlassen wir das wunderbare Hotel und ziehn eine Halbinsel weiter. Wir müssen den Volvo neu packen, damit wir unterwegs alles finden, den Spirituskocher, Töpfe, Plastikgeschirr, sogar Klappstühle führen wir mit. Ich bin ungeduldig, der Natur in die Arme fliegen, während die anderen noch Zeitungen und Lachse kaufen. Könnte mir ja sagen: nix läuft weg und es wird auch nicht dunkel! Am Ende der Reise sind wir noch einmal in diesem Hotel, wo der Fischereiminister Stammgast ist. Dann besuchen wir Laxness. Sind gestern an seinem Quader vorbeigekommen. Der weiße Würfel im schwarzen Geröll. Sieht von außen winzig aus. Innen sitzt »Sein eigener Herr«. Der ALLES langsam vergisst.

Der Walfjord. Endlich sind wir losgefahren. Zuerst zum Tankstellenrestaurant am Walfjord, wo es auch den kleinen Shop für Autozubehör und Anglerbedarf gibt. Und eine Megawand Sonnenbrillen. Es fängt wieder zu regnen an. Hatte schon was vermisst. Man wird so gewaschen im Lauf eines Tages, dass jeglicher Aufwand mit Kosmetik, ein bisschen Teint vielleicht und bunte Lider, völlig umsunst ist. Das bringt Zeit.

Kleiner Ort. Wir gelangten durch ein Hochland zu rußschwarzen Steilwänden hin, Wolken zogen über die Kämme. Zu unseren Füßen wuchsen Moltebeeren, Wollgras, Frauenmantel und immer wieder das Fettkraut. Der Meister und Max fotografierten, Margarita saß im Auto und rauchte. Ich warf eine Kassette von Bubbi ein als wir fuhren. Schlittschuhlaufen mit schönen Mädchen auf dem Stadtsee, über den Ort wo Schiffe gestrandet sind, oder dass man einem Wiedergänger begegnet, erklärte Max. Kamen wir in Richtung Borgarnes flott voran. Schauten den kleinen Ort an mit seinen gehätschelten Gärtchen, den langhaarigen Katzen, die anscheinend einen guten Draht zur Fischfabrik hatten. Stießen auf einen hinreißenden Spielplatz. Riesige Lastwagenfedern trugen Reittiere, deren Köpfe aus gebleichten angeschwemmten Baumwurzeln waren, gigantische Automobile bewegten sich auf Rädern von Kabelrollen vorwärts und rückwärts. Und erst die Schiffe in ihrer Mannigfaltigkeit! Vom Einbaum bis zum Trawler ließen die sich entern beim Klang von Aeolsharfen. Was Schönes wie von Tinguely für der Umschattigen Kinder.

Fundstück. »Eine Art, gebrauchte Teller zu reinigen, die man wohl nur in Island beobachten kann, besteht darin, dass man sie von den Hunden ablecken lässt. Die Hunde, von denen man in jedem Hause mehrere hält, werden überhaupt fast wie Familienmitglieder behandelt und bewegen sich aufs Ungenierteste in den

Wohnungen. Es ist mir öfters begegnet, dass in meiner Schlafstube zugleich eine Hündin ihr Wochenbett hielt.«

Prachtvolle Schlafsäcke. Wir fuhren auf die Eins, die Ringstraße, die bis Akureyri führt. Fast schien die Sonne, Regen hat uns verschont. Trieb uns was durch ne öde Gegend, bis aus dem Schottergrund – alles zerfallende Lava – Bauernland wurde, wir uns von einer Wege- und Symboltafel das Nachtquartier aussuchen konnten. Entschieden uns für Brennistadur, für diesen Hof waren große und kleine Betten aufgemalt. Wir votieren immer für kleene, was bedeutet, dass wir lediglich ne Unterlage für unsere prachtvollen Schlafsäcke bekommen, keine Kissen, Plumeaus, Bettwäsche. Die Bäurin gab uns einen Schlüssel für das entferntere Häuschen, der Hund führte uns, nun sitzen wir drin. Zwei Kämmerlein mit je zwei Doppelstockpritschen, ein Wohnkochzimmer mit einer Bibliothek, der Lachsbach vor der Tür. Dort steht auch die kleine Hütte fürs Huldufolk. Wir sind in einer weiten Landschaft versteckt, gerahmt von mittleren Tafelbergen, die schütter bewachsen sind. Ein paar Schafe, einige Kühe, zwei oder drei Höfe sind in der Ferne zu erkennen. Im Westen ein leckeres Abendrot. Der Meister kocht Spaghetti. Wasser wird aus dem Quellbach geholt. Das Hüttchen verfügt über elektrischen Strom, sogar eine Heizung. Draußen 9 Grad, was uns ohne Regen warm erscheint. Die Spaghetti hätten jetzt 11 Minuten, hör ich durch die Wand.

Am Laxbach. Um 23 Uhr bin ich spazieren gegangen. 7 Grad auf meinem ambulanten Thermometer und taghell wie in T. an einem Regentag 14.30 Uhr. Hab mich mit Pferden und Schafen unterhalten. Die Fohlen mit ihren Müttern, die ich bei unserer Ankunft vor dem Haus gesehen hatte, befanden sich in einem Stall. Am Laxbach das faszinierende Pinguicula, und zwar blühend.

Ich kannte Fettkraut nur aus Bestimmungsbüchern. An dieser Stelle kommen sowohl Pinguicula vulgaris als auch Pinguicula alpina vor. Erzengelwurz, Rauschebeeren, große Horste Berufskraut. Die beiden anderen Hütten sind inzwischen belegt. Linkerhand Einheimische. Rechts Italjäner. Ich knall mich nun in mein Schlafsack.

Sich verlieren. Prachtvoll geträumt im Mumienschlafsack. Ich stand auf einem Tafelberg und konnte mir im Tal ne Hütte aussuchen für immer. Ich hab mich zu einer entschlossen, wo ein gelbes Pferd auf der Wiese war und ein Kater. Nur leichte Bewölkung. Ich bin wie immer als erste erwacht und schreibe meinen Journaler. Die gemeinen Regenpfeifer, die hier, wie schon früher erwähnt, die Rolle unserer Spatzen einnehmen, jagen vor dem Fenster herum. Fußhohe Bäumchen dienen zu Schutz und Pläsier. Wie die Expeditionisten ringsherum immer noch schlafen! Werden, so ich unser Nachtessen erinner, nach Knoblauch stinken wenn wir bei unseren Bauern zum Frühstück antreten. Die Berge haben sich in einen Schleier gewickelt. Zwölf Schafe vor meiner Nase, Mutterschafe mit Lämmern. Jetzt sind wir von aller Welt abgeschnitten.

Gallium boreale. Wir erreichten einen geheimnisvollen Wasserfall, den Hraunfossar. Sein Fluss robbt sich unterirdisch durch Lavafelder, um sich darnach tausendfältig gekämmt öffentlich in die Tiefe zu stürzen. Ach sieht das umwerfend aus! Wassernetze, Fälle, Fällchen und Fällfällchen. Wir kletterten rauf und runter im schönen Licht, die Moltebeeren erblühten, wieder Pinguicula, fette Hennen, Silberwurz, stengelloses Leinkraut, Flechten und Moose. Und eine reichliche Menge Gallium boreale duftete betäubend. Solch Wasserfall aus dem Nichts gehört zu dem Wunderbarsten was ich gesehen hab. Besonders wenn zwei Gletscher den Hintergrund geben.

Trollbrot. Vom Kinderwasserfall aus, von dessen natürlicher Brücke eines Bauern Kinder vor Zeiten gestürzt und ertrunken sind, bewegten wir uns fröstelnd durchs Kaldidalur, das menschenleere Ödland, auf früheren Reiterpfaden nach Westen. Es galt, einen zerfallenden Pass zu überqueren mittels einer Straße, die auf unserer Karte gestrichelt erschien. Je kürzer und dünner die Striche, desto grauenhafter der Weg. Ein BMW aus Hannover kam uns im Schritttempo entgegen, und wir fragten den völlig euphorisierten Fahrer nach dem Zustand der oberen Straße. Er war high, weil er sich und seine kleinen Kinder nicht umgebracht hatte: man könne es schaffen. Auf dem Pass hielten wir, sahen einen alten Schildvulkan vor uns im Nebel. Es ging dann endlos den Fluss entlang, über eine Brücke, wieder aufwärts und über noch einen höheren schwindlichteren Pass. Danach sah der Boden aus, als hätten ihn Heere von Riesenmaulwürfen durchpflügt. Trollbrote lagen verstreut, vom Frost scheibenförmig zersprengte Steine. Der Wind heulte, die Wolken hingen in furchtbare Schluchten. Über weitere klapprige Brückchen, sehr schmächtige Stege sind wir ins Haukadalur gelangt, wo wir eine Farm fanden und zwei Zimmer im alten Haus. Wir trinken Tee mit Rum.

Fluche in meiner Muttersprache.

Es ist das ehemalige Haus des Bauern mit ehemaligen Möbeln. Er wohnt in einem neuen Palast. Bei unserem Bauern von gestern war es schöner, die Hütte Tische und Bänke und Betten die Borde alles selber hergestellt und lustiger auch. Wir sind in Begleitung des Hundes um den langgestreckten See gelaufen. Den jungen Hund gelüstete es, Schafe aufzuscheuchen. Ich fluchte in meiner Muttersprache und gab ihm eins auf die Nase. Die Schäfin aber, um die es ging mit ihren beiden Lämmern, war klug und erfahren. Sie blieb sitzen, da verharrten die Lämmer. Andernfalls hätte es ne wilde Jagd gegeben. Wir sind in unseren langweiligen Zimmern. Draußen scheint und scheint die Sonne. Gestern hab ich sie bis nulluhrdreißig gesehn. Und auch jetzt geh ich ihr huldigen.

Gräber und Rosen. Wallende Morgennebel um ockerfarbene Gipfel. Von meinem Bett aus, auf dem ich schreibe, kann ich ein Schneefeld sehen. Im Vordergrund die kleine Kirche für zwei Gehöfte. Auf dem Friedhof wachsen große Eschen, Ebereschen und Tannen. Da sieht man ja, dass Bäume aufkommen, wenn man die Schafe strikt aussperrt. Darauf fußt das Bewaldungsprogramm grüner Vereine, das sich eines Tages durchsetzen wird. Wenn die Erosion groß genug ist. Auf einem Grabhügel stehen Blumensträuße. Vor drei Tagen war der Geburtstag des ehemaligen Bauern, so stehts auf dem Holzkreuz. Gestern spielten die Kinder mit Puppengeschirr und Playmobil-Cowboys direkt auf den Gräbern, was vielleicht ne anhaltende Nähe ergibt. Dagegen sind unsere Friedhöfe die pure Verdrängung. Zum Frühstück sind wir in den wunderbaren Wintergarten des neuen Hauses gebeten worden. Dieser Raum ist halb Salon, halb Gewächshaus und es wachsen Rosen darin in einem Erdbeet. Gloria Dei, Souvenir de la Malmaison, kleine Fairy-Rosen. Und die Blumen umgab eine Lavendel-Kante. Vor den Fenstern Akeleien im Wind, in der Entfernung die schneebedeckten Gipfel. Sie machen hier ordentlichen Kaffee. Sagten, wir sollten unsere Thermosflaschen noch füllen. Sie gehen ins Heu.

Trolleier im Grünen. Wir rollten stundenlang durch verschiedene Landschaften. Mitunter am Fjord entlang, dann in schwarzen Schlackewüsten, oder über grüngoldbemooste Lava. An den zugänglichen Stellen waren Bauern mit der Grasernte befasst. Einige hatten schon ihre großen weißen Pakete fertig, gehäckseltes in Plastikbahnen verschweißtes Silagegras. Zuerst waren wir von den weißen Gebilden irritiert, da wir diese Art der Futtergewinnung im eigenen Landstrich nicht kannten. Handelte es sich um Schwäne, um Eisbären gar? Dann sahen wir die Maschinen, die das Gras mit Plastikbahnen umgaben. Wie ein Knäuel Stopftwist gewickelt sahen die Trolleier dann aus. Und ich frag mich, ob das ne Veränderung der Landschaftsmalerei zur Folge hat. Konnte mir hübsche Gletscherbilder vorstelln an deren grünem Bildrand diese weißen Gelege vorkamen. Herrliche grauenhafte Betonscheunen und verbeulte Wellblechschuppen lagen im zaubrischen reinen Licht, dass sowieso alles sehr künstlich und wie von Hoppers ländlichem Bruder gemalt aussah. Ich war so begeistert von dem was die Augen einfahren konnten, dass ich stundenlang mein Maul hielt und mit der Seele Handstand gemacht hab.

Rote Pilgermuscheln. Über steile Berge auf Straßen, die aus autogefegter Lava bestanden, schlängelten wir uns an der Lagune Larvathall entlang und hatten schließlich den imposanten Kirgjufell vor der Nase, der uns aus Büchern bekannt war. Ein Berg wie der Kiel eines umgekippten riesigen Schiffs. Oder ne Felskirche eben. In Grundarfjördur kauften wir kurz vor Ladenschluss einen Fisch, ein paar verschrumpelte Wurzeln, Brühwürfel und Rosinen, tranken im Asakaffi einen Tiefschwarzen. Den nächsten Gastgeber fanden wir nebst seinen Liegenschaften, auch mit einem Schock Trolleier bestückt, ganz in der Nähe des Hofs Kverná. Die Hütte war klein, dafür befand sie sich in erhabener Landschaft mit einem Hausgletscher, mannigfaltigen hüpfenden Bächen. Auf der Hauswiese grasten zwanzig Pferde. Wir gingen am Strand entlang, wo rote Pilgermuscheln haufenweis lagen, und die Küstenseeschwalben flogen Attacken auf den bärtigen Meister. Der Himmel wurde immer klarer und kurz vor Mitternacht ging die Sonne für zwanzig Minuten unter, einen Daumensprung weiter war sie wieder vorhanden in herrlichen rostroten Tüchern und auf türkisenen Stufen wie in T. im Sommer um 21 Uhr. Das war ein umwerfender Filmur und die letzten Fischerboote erreichten gerade den Hafen.

Rosenwurz Steinbrech. Heute rückten wir dem Hausberg auf den Pelz. Der Anmarsch vollzog sich ganz sanft. Kleine Wasserläufe ließen sich leicht überqueren, Orchideenwiesen winkten uns ran und Bärlapp-Auen. Rosenwurz, Sternsteinbrech, Alpenfrauenmantel, niederliegendes Vergissmeinnicht notierte ich auf fliegende Zettel. In einem Hartriegelgebüsch verbarg sich ein Schneehuhn mit seinen Küken, sehr kleinen Dingern, pusteblumengroß. Auf halber Berghöhe gings durch ausgedehnte Heidelbeerfelder, Krähenbeerwälder. Wir erstiegen die ersten beiden Plateaus, gelangten an einen schnellströmenden Gletscherfluss, den wir queren mussten, um weiter und an einen oberen See zu gelangen. Irgendwie sind wir hinübergelangt, bis auf die Freundin des Meisters. So musste der wohl wieder retour, was den Zerfall der Expedition zur Folge hatte. Max und ich kamen nach einer halben Stunde an den Bergsee. Er war in rote Steine gefasst und schimmerte grün. Das Wasser war schauerlich kalt als wir die Füße reinhängten. Wir lagen in der Sonne und warteten, dass der Meister und Margarita uns wieder erschienen. War aber umsunst. Wir stiegen noch zwei Plateaus höher, wo Möwen uns laut begrüßten. Tranken aus unserem Silberbecher das Gipfelwasser und machten uns an den Abstieg. Im Westen der samtblaue Fjord.

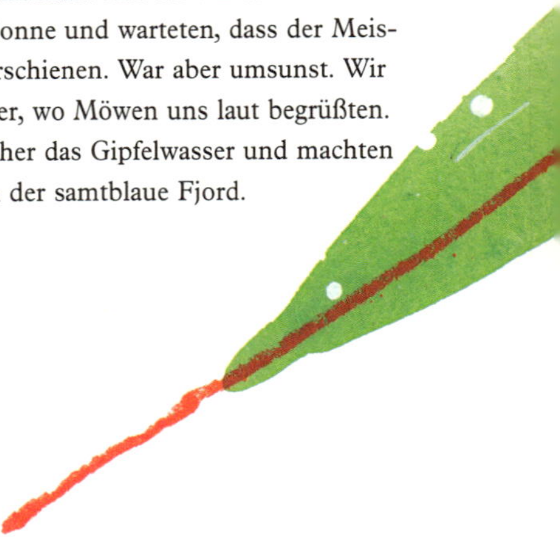

Blaubeerhang. Über eine Steilwand mit zahlreichen Balkonen machten wir uns an den Abstieg. Es war immer wieder ne Gangway zu finden, dass wir langsam herniedergelangten. Zum Schluss mussten wir über einen abschüssigen Blaubeerhang, die Sträuchlein gaben Händen und Füßen doch Halt. Wenn wir rückwärts schauten zu den Klippen, über die wir gekommen waren, einen Meter weiter der Wasserfall, mussten wir lachen, es sah schon gefährlich aus. Noch zweimal ging es durch reißendes Wasser, wozu wir uns Furten suchten und Dämme bauten. Verging viel Zeit, bis wir über die Koppeln der Pferde kamen. Saßen vor der Hütte in der Sonne. Vielleicht später den Bernhardiner mit dem Rumfass losschicken.

Snaefellsjökull. Kristinn, so heißt unser Bauer, hat noch einen Verandastuhl hingestellt. Er sagte, wenn wir auf der Straße über dem Fjord etwas nach Westen führen, so könnten wir heute den Snaefellsjökull erblicken. Das wollen wir gleich versuchen, meistens verhüllt er sich doch. Heute herrscht Bilderbuchwetter! Vielleicht die berühmten 16 Grad. Ich hab mein Thermometer nach draußen gebracht. Es zeigte lediglich 10 Grad an. Wir sind losgefahren und der Gletscher sah wie im Hochglanzreiseprospekt aus. Ein winziges Wölkchen hatte er sich hinters Ohr gesteckt. In Grundarfjördur galt es ein frischüberholtes, fahnengeschmücktes Schiff zu bewundern. Gerade kamen zwei Kontrolleure an.

Schlafmütze. Die Tafelberge, die uns umgeben, haben durch jahrhundertelange Verwaschungen menschenähnliche Gesichter erhalten. Unter grünen Haaren aufgerissene Augen. Abends erglühen die Wangen. Wir sind mit Abwaschen dran. Danach schreiben wir was auf und haben jeweils den Walkman über die Löffel getan. Den Meister ziehts in den Ort, will was erleben. Margarita geht zeitig zu Bett. Lehrerinnen brauchen, Lehrerinnen brauchen, Lehrerinnen brauchen furchtbar viel Schlaf. Der Kirgjufell setzt sich ne Nebelnachtmütze auf. Bauer Einarm ist noch am mähen. Für morgen haben wir Pferde bestellt.

Blau. Der Himmel und das Meer sind so blau, dass man radschlagen möchte vor Freude. Max schlief wieder Aug in Aug mit den Bergen. Er hatte sich ein Loch in die beschlagene Scheibe gewischt, die in unserem Giebelchen bis zum Fußboden reicht. Ich geh Löwenzahn sammeln für die Frühstückseier. So langsam rappeln die Schläfer sich auf. Der Koffie arbeitet schon. Mit einem selbstgemachten Filter aus Haushaltspapier. Es handelt sich um ne blaue Tchibo-Kaffeemaschine hier am Fuße des Gletschers.

Am Abgrund. Gylfina, Kristinns Frau, sah uns prüfend an und verteilte die Pferde. Für den Meister einen Schecken, Margarita einen Braunen, Lysander einen Falben, für mich eine ockerfarbene Stute. Wir sattelten, stellten die Steigbügel ein, saßen auf, schon ging es los. Gylfina ritt voran, ließ uns vorbei und das Hündchen, das wir schon kannten, lief mit. Über die Hauswiese, durch die Koppeltore, die entriegelt und wieder geschlossen werden mussten, ritten wir auf die Berge zu. War man voller Vertrauen zu den Pferden, gings einem am besten. Wir kreuzten oftmals den Bach und gelangten zu den Wasserfällen. Standen mit unseren Pferden ganz dicht am Abgrund. Im Bachbett durften sie saufen solange sie wollten. Das Hündlein badete in einem wärmeren Graben. Möwen und Seeschwalben begleiteten uns, die Gletscherfälle rauschten so laut, nur das Pferd von Margarita war wasserscheu, und das war eine Übertragung.

Indigoblau. Nun reden wir öfter von Pferden. Wir sind nach Ólafsvík gefahren, das liegt an der Halbinselspitze. Post aufgeben, Kaffeefilter erwerben. Wir sahen uns auch die Fischfabrik an. Das Hafencafé hat Pleite gemacht. Das lag sicher an seiner ungünstigen Nähe zur Fischfabrik. Ein grauenhafter Gestank. Güllegeruch in T. wie Parfüm dagegen. Was jedoch die Lage des Ortes betrifft, so ist sie eine der schönsten, meerumbrandet, innerhalb bunter Berge und sanfter Wiesen. Eine ganz schräge Kirche war vorhanden, sehr eigenartig: kein rechter Winkel und nur Beton. Wir haben uns Pommes gekauft und sind zu den Klippen gestiefelt wo Papageientaucher und Kormorane sich ins Indigoblaue stürzten.

Pasta. Der einarmige Bauer, Kristinns Bruder, prüft das gemähte Gras. Im Gästebuch, das in der Hütte ausliegt und fünf Jahre zurückreicht, haben wir von seinem Unfall mit einer Häckselmaschine gelesen. Hier riecht es wieder beachtlich nach Knoblauch. Sechs Zehen gehören in eine Pasta. Bevor der Koch kocht isst er erst mal, dass er kochen kann. Der Meister hat uns schon auf dem Schiff angefleht, ihn jeden Tag kochen zu lassen, da wär er glücklich. Wir lassen ihn gerne glücklich sein, doch sein antiker Propangaskocher kann einem Furcht einjagen. Nach dem Essen ist der Meister ins naturbeheizte Freibad gefahren, das bis 23 Uhr geöffnet ist. Ich geh an den Strand Muscheln sammeln.

Lieblingsvideoclip. An ein paar alten Kratern vorüber, die wie Amphitheater erscheinen, gerieten wir auf ein ausgedehntes schwarzes Lavafeld und sahen das höchste Gebäude Islands gleich vor uns. Es handelt sich dabei nur um einen alten Sendemast von 420 Metern, der zur Raketenfrühwarnanlage der Amis gehört hat. Der Clou waren alte Fischkeller mit Walrippchen und Reste von Trocknungsanlagen aus dem 14. Jahrhundert. Schlossen sich unendliche melancholische Heiden an, schüttere Rasen. Die Wurzeln des Strandhafers mit ihren irren Vernetzungen, Verankerungen ähnlich denen des Sendemastes, ließen uns die Hütchen lüften. Ein paar Schritte weiter eine ganz andere Heide. Gräser und der Rasen der Silberwurz dicht an der Atlantikküste mit abertausend weißen Blumen. Die langstieligen Blüten, die manchmal gefüllt sind, in der Regel acht Petale aufweisen, zittern und zittern und zittern dass man ihnen stundenlang zuschauen möchte. In dieser klaren Luft kann man die ständige synchrone Bewegung über eine Entfernung von bis zu fünfzig Metern hin erkennen. Das wär mein Videoclip für die Dauer einer Stunde. Dryas octopetala der lateinische Name des Krauts.

Eine Gesellschaft Raben.

Nah am Meer breiteten sich gepolsterte Lavagegenden kilometerweit aus. Das Moos unter den Füßen fühlte sich wie vier Perser übereinander an. War aber ne trügerische Gegend. Die zugedeckten Spalten reichen mitunter fünf Meter in die Tiefe. Da verließen wir die Teppiche lieber und wendeten uns der übersichtlicheren Steilküste zu. Knabenkrautwiesen leuchteten und breite Flecken Pseudoorchis albida, deutsch vielleicht Weißzünglein geheißen. Solch schöner Nam der mir jetzt einfiel. Auf kargerem Boden im schwarzen Lavasand trafen wir ne Kolonie Kolkraben an, was an sich aberwitzig genug war. Doch es wuchs außerdem die Mondraute da, welche ich nur aus Beschreibungen kannte. Eine verwunschene Gegend in schöner Düsternis, dauerndem Wind. Und die herrlichen Raben! Wieder und wieder sahen wir sie. Die haben lange Schwingen! Boa sind die schwarz! Wie die glänzen! Schließlich entfernten sie sich. Der letzte zu Fuß.

Alte Schule. Der Meister der ja fleißig fotografierte, auch um immer wieder neue Schutzumschläge für die diversen Laxness-Ausgaben herstellen zu können oder andere isländische Bücher, er hat mich in der schwarzen einsaugenden Wüste festgehalten, wie mir zu Füßen eine Pflanze wächst. Die ich nicht bestimmen konnte. Hatte den Habitus etwa einer Tradeskantie, blaugrün dem Boden anliegend, kleine blaue Glocken an den Blattstiel-Enden. Ich grübele und grübele und suche in meinen inneren Archiven nach Anhaltspunkten diese Pflanze zu benennen. Empfinde großes Ungenügen an mir und Ärger, das sieht man dem Foto wohl an. Aber ich hab ein Hintertürchen offen zu meinen Expertenfreunden. Mit ihrer Hilfe wird das Kraut noch bestimmt. Es macht mich fertig, Bäume Vögel Blumen irgendwo zu erblicken, die mir nicht vorgestellt wurden.

Heimatmuseum. Wir kamen in den kleinen Ort Hellisandur, wo in ein paar ursprünglichen Erdhäusern allerlei Hausrat und Gebrauchsgegenstände zu betrachten waren. In der Tiefe die Küche und ein Arbeitsraum, darüber Schlafkojen, muffige Betten. Muss ganz schön deprimierend gewesen sein in solch einem Bunker frierend mit ner Kerze zu sitzen. Und die mechanische Nähmaschine drehn. Konnte man vielleicht mit viel Schufterei und kleingestelltem Seelenhaushalt bestehn, oder einer erhaltenden Engstirnigkeit. Diese kleinen Heimatmuseen, in denen es uns so schön gruselt. In der Scheune war ein Fischerkahn ausgestellt, mit dem sie zu sechs Mann und unter Segeln rausfahren mussten. Ihr Ölzeug, das einem hohes Mitgefühl abverlangt, gleich hatte ich Rheuma in allen Gelenken. Verblassende Fotografien ehemaliger Menschen waren ausgestellt und alte Ansichten von Hellisandur. Der Ort war jetzt größer und entgegenkommender ausgestattet. Im Tankstellencafé gleich der Videoverleih, alles Gewalt und Porno. Dies machte mich wütig, aber warum soll es hier anders als anderswo sein.

Menschenleer. Gelangten in eine öde Gegend mit Höllenschlünden (Saxa hólar) und teuflischen Fratzen. Auf dem Landende der Leuchtturm. Es gab Fischerdörfer, die jahrhundertelang bestanden hatten, jetzt menschenleer waren. Wie bei einem Gruselfilm liefen ein paar Schafe durch potemkinsche Häuser hinter dem Wind. Wir sahen, nun von Süden, den Snaefellsgletscher. An den Hängen erstarrte Lavaströme wie riesige Wurzeln. Der letzte Ausbruch war circa fuffzig vor Christo. Später ging hier die Reise zum Mittelpunkt der Erde los, über welchen casus man sein Gedächtnis bei Jules Verne auffrischen kann. Wir sahen uns in den Roman »Seelsorge am Gletscher« dermaßen eingebunden, dass wir das Kirchlein suchen gingen. Wenigstens das aus dem Film. In Hellnar lags direkt vor dem Vulkan. Ich saß mit Max zwischen den Gräbern, die einfache Holzkreuze trugen. Fast wollten wir hier begraben sein. Der Wind beugte die langen Gräser, den Hahnenfuß, Regenpfeifer überflogen uns in kleinen Scharen. Drei Bauern waren mit Heu befasst. Hier machten sie Würfel. War ein Ort weiche Kniee zu kriegen. Wir konnten den Atlantik sehen, so groß so leer an dieser Stelle. Zwei Bötchen waren mit dem Feldstecher zu erkennen, in denen Fischer mit sechs und zehn Angeln Fische fingen. Der gewölbte Kassettenhimmel im Kirchlein trug wieder pro Quadrat einen Stern.

Stachelbeerkuchen. Als wir unsere Hauswiese hinter dem Kirgjufell wieder erreichten, waren die Gastgeber weiterhin mit Heuen beschäftigt. Nun drehten sie aus dem angetrockneten Gras die seltsamen Silage-Kokons. War faszinierend! Eine Maschine, die das Material aufhebt und in weiße Plastikbahnen völlig wasserdicht einwickeln kann. Ich hatte Landschaften gesehen, fußhoch mit Moos bedeckte Lavawüsteneien, die wie Stachelbeerkuchen mit Decke erschienen. In diesen Lavaheidis könnte ich gut und gerne wahnsinnig werden. Unter den Fratzen. Plötzlich sehe ich Hunderte Katzenköppe und es huscht sowieso alles darinnen, Regenpfeifer und Odinshühnchen, nordische Nattern.

Seeschwalben. Auf der Hauswiese setzen sie das Eierdrehen fort. Grüne Haufen gelangen auf das Eikarussell und werden geformt und eingesponnen. Auch ein brauchbarer Videoclip in erhabener Kulisse. Ich hab den Walkman auf den Löffeln und sehe meine beliebten Seeschwalben fliegen. Hier am Grundarfjord sind Mitte Juli um 8 Uhr höchstens 5 Grad Celsius zu erwarten. Im Lauf des Tags steigt die Temperatur auf 12 Grad. Und man glaubt, wenn die Sonne einem so auf den Rücken knallt, es müssten diese berühmten 16 Grad doch endlich erreicht sein. Stets weit gefehlt. Heute am Nachmittag bei heiterstem Wetter lediglich 7 Grad. Vor der Nachbarhütte schlagen WOB-Deutsche ein Zeltchen nun auf. Eine Großfamilie anscheinend. Die Kinder toben im Heu. Das Hündchen hält mit. Es handelt sich um ein grünes Iglu-Zelt. Es widersetzt sich. Hoffentlich haben sie die Gebrauchsanweisung mit. Sie fädeln an den Alu-Stangen herum. Gut dass es hier nicht dunkel wird.

Waschtag. Meine Wäsche ist nicht wesentlich trockner geworden. Muss sie wohl nach und nach in die Hütte holen. Die Berge jenseits des Fjordes treten wieder hervor. Gleich erscheint die Mitternachtssonne. Die Bauern haben nahezu ihr gesamtes Heu in Rieseneier verwandelt. Die sogenannten Wolfsburger grillen vor der Hütte. Und ziehen immer noch eine Schicht mehr an. Auf der Deutschen Welle hören wir, dass die BRD es gleich geschafft hat mit den Österreichern in Bosnien einzurücken. Als Blauhelme selbstverständlich. Den deutschen Zerstörer »Bayern« würden sie auch gerne entsenden.

Fundstück. »Der Weg ist verschieden gut und verschieden schlecht. Schuttflächen, Steinplattenpflaster, Sumpfstrecken, Rasenhohlwege, die so eng sind, dass man seine Füße auf dem Rücken des Pferdes in Sicherheit bringen muss, wechseln miteinander ab. Abends zehn Uhr schlugen wir unser Zelt am grünen Ufer eines Bachs auf, müde und die Kleider ganz vom Regen durchfeuchtet. Es war kein trostreicher Gedanke, in dem Zustande, wie wir vom Pferde stiegen, auf dem bloßen nassen Boden, den Kopf auf den Sattel gebettet, eine Nacht zubringen zu müssen.«

Fundstück. »Der isländische Basalt, welcher sich auch oft in die schönsten regelmäßigen Säulen geklüftet findet, ist lichter als der deutsche. Er ist gräulich, grünlich, bräunlich und wird von den Geologen in seiner dichten geschlossenen Form Trapp, in seiner trümmerigen und sandartigen Tuff genannt. Ein anderes Gestein, weiß, gelblich und auch sehr fest, welches aber nur an einigen Punkten der Insel vorkommt, heißt Trachyt und ist bei uns vom Siebengebirge bei Bonn am Rhein bekannt. Diese beiden Gesteinsarten sollen, wie es die meisten Geologen annehmen, durch Hitze schmelzend aus dem Inneren der Erde hervorgepresst worden sein, so wie die Lava, welche aus den feuerspeienden Bergen ausfließt, auch von dorther kommen soll. Das sind Hypothesen, wissenschaftliche Meinungen, die man dort zu Hilfe nimmt, wo man nichts oder wenig beweisen kann.«

Fundstück. »Das einzige Ereignis an diesem Tage noch war die Begegnung mit einem jungen Schwan, der, kaum mit Flaum bedeckt, uns mit kläglich flehendem Gequieke entgegenkam. Ich stieg vom Pferde, nahm ihn auf den Arm, liebkoste und tröstete ihn, musste ihn aber dann wieder seinem Schicksal überlassen.«

Einladung. Eben kam Kristinn, um uns zu einem isländischen Abendkaffee einzuladen. 22.30 Uhr sollen wir kommen, eine Freundin aus Hamburg wär auch grad da. Die hatte einen Hefetopfkuchen und einen Schokoladenkuchen gebacken. Wir saßen im Wintergarten und konnten die tiefstehende Sonne über dem Hausgletscher sehn. Nachdem die Ökonomie des Ortes, die Lage der Fischereigenossenschaft besprochen waren, gelangten wir zu wunderbaren Geschichten. Wie gefährlich die bemoosten Felsen sind, dass der Großvater einer Gastfamilie in solch einem Landstrich beim Beerenpflücken spurlos verschwand. Und so selbstverständlich wie über die Fischfabrik ging es schließlich über das Huldufolk, das am Kverná-Wasserfall wohnt. Die Elfen teilen einem was mit, wenn man das Ohr an einen bestimmten Felsen legt. Meistens hört man Musik. Es gibt Menschen, die Elfen sehen können. Sein Bruder zum Beispiel, sagte Kristinn. Das begann in der Kindheit beim Schafesuchen. Und bis heute würden sie Orte, an denen das Huldufolk wohnt, respektieren und ihre Schafe durch Zäune fernhalten. Wir konnten wunderbare alte Bücher mit Fotografien und zauberhaften Aquarellen vom Snaefellsjökull betrachten. Haben die Titel notiert. Bücher müssen hier wie Chroniken aussehen. Von Taschenbüchern halten sie gar nichts.

Strudelpartie. Der sechste Tag ohne Regen, hieß es am Frühstückstisch. Wir steuerten Stykkishólmur an, wo wir ein Bötchen bestiegen verschiedene Vogelinseln zu erkunden. Umkurvten Schären aus Basalt oder Trapp, die nur spärlich bewachsen waren. Es gab hohe Felsen mit Papageientauchern den Lundis, daneben Kolonien von Sturm- und Dreizehenmöwen. Und die hübschen Lundis sahen wir nicht nur auf ihren Felsen spazieren, sondern sich auch ins Wasser stürzen wo sie in tiefe hellgrüne Tunnel tauchten. Sowohl in der Luft als auch im Wasser sahen sie wie verselbständigte Propeller aus. Eine andere Insel wies neben den genannten Vögeln noch ne Kolonie Kormorane auf mit Riesendunenküken in Grau. Es war ein wirres Gedrängel auf den Felsen, und die Nase des Bötchens reichte fast an die Nester. Zu nah kam mir das vor. Immerhin betritt niemand die Inseln. Auch nicht wegen sehr eigenartiger Strömungsverhältnisse. Der eigentliche Fjord ist sechs Meter tiefer als dieses vorgelagerte Schärengebiet, die vielen Inseln verursachen Strudel. Kein kleines Boot könnte sich halten.

Schwarze Rabeneier. Einige Felsen wurden lediglich von großen Mantelmöwen bewohnt und es gab so viel Platz auf dem Plateau, dass sich die Dunenküken die Füße vertreten konnten und Flügelschlagen üben. Ein rotbrauner Basaltfelsen, an dem wir mit abgestelltem Motor vorüberglitten, trug auf einzeln vorspringenden Säulen Brutplätze von Raben. Eine Rabenmutter brütete zärtlich Huggin und Munin aus. Gryllteisten konnten wir schwimmen sehen. Auf einer flacheren Insel gab es sechzehn Eiderentennester. Die Jungen waren schon auf dem Wasser. Ich befand mich mit Max während der ganzen Fahrt auf dem Vorschiff, nicht einmal sind wir in die Kajüte geflüchtet. Ich fror bis ins Skelett.

Heftige Strömung. Zum Abschluss der Fahrt gab es einen Fischzug. Besser gesagt einen Muschelzug. Unser Fischer schleppte das Netz kurze Zeit über den Grund und leerte es auf die Planken. Da waren ne Menge Muscheln Seeigel und Krabben zu sehen, ein Einsiedlerkrebs mit Häuschen. Die Muscheln wurden gekostet. Leicht salzig wie Tränen, erinnerte mich an die einzige Auster die ich runtergewürgt hab. Max rettete den Einsiedlerkrebs, ein symbolischer Seeigel folgte ihm über Bord, ebenso ein roter Babyseestern. Wie das Schiff sich in der heftigen Strömung bäumte, wie es erzitterte, wie die Möwen schrien! War wieder um stante pede meschugge zu werden.

Ghettoblaster. Wir kamen im Gebirge an einer winzigen Holzkirche vorüber, die justament auf ihren dreihundertsten Geburtstag vorbereitet und außen und innen gestrichen wurde. Sie war so klein, dass die Arbeit von einem Maler mit einer normalen Stehleiter an einem Tag geschafft werden konnte. Wir versuchten einen Blick in den Innenraum zu werfen, machten Giraffenhälse, weil die Leiter gerade in der Tür stand. Der Maler schien verlegen, da sein Kofferradio in der Mitte der Kirche stand und ne laute Scheißmusik rausquoll.

Serpentinen. Wir ritten aufwärts bis zu den Wasserfällen. Von dort durch verschiedene kleine Moore zu einem Plateau, worauf die Musikhalle vom Huldufolk stand. Es waren Basaltfelsen in Gestalt einer exorbitanten Orgel. Wir stiegen ab und Gylfina legte den Finger auf den Mund, bedeutete uns, ein Ohr an den Felsen zu halten. Max und ich hörten die letzten Töne der alten Musik. Wir erreichten die Schneegrenze. War viel Geheimnisvolles in diesem Reit- und Naturunterricht zu erfahren. Am eigenen Leib. Ich musste mich auf den Weg konzentrieren, hatte die Nase infolge der Steigung meist zwischen den Pferdeohren. Eine andere Welt bot sich dar vom Rücken der Tiere. Natürlich dachte ich auch, wie ich zu den winzigen Häusern, der kleenen Kirche dort unten zurückkommen sollte, aber Pénni war ein verständiges Tier. Ich brauchte die Zügel nur locker lassen und alles fand sich von selbst. Abwärts saß ich wie in einem Sessel, spürte die Lehne und notfalls war da noch immer der Sattelknopf aus blauem Krystall und so ging es mir märchenhaft. Über die steilste Stelle wurden die Pferde geführt. Bis ins tiefe Heidelbeerkraut. Das verband alle sehr, und ich fand die feinsten Serpentinen für mein Tier. Das Hündchen war wieder dabei.

Glück. Das Außerordentliche an dem Pferdetag war, dass in Höhe der Steinorgel ein paar Regentropfen aus heiterem Himmel niedergingen.

Rettungsvorschriften. Wir befinden uns auf einer ausgebuchten Fähre auf dem Breidafjördur. Kurz vor dem Ablegen hat ein Kran Autos an Deck gehievt. Zwei Stunden vierzig dauert die Fahrt über Flatey. Der Abschied von der Kverná war schon schmerzlich. Gestern geschah der schönste aller Mitternachtssonnenuntergänge über dem Fjord. Danach die bebänderten hellgrauen Wolken. Und 3.20 Uhr sah ich die Sonne hinter dem zuständigen Tafelberg vorrutschen. Auf der Kiesstraße am Fjord die schwarze Silhouette eines Schafes mit seinem Lamm vor lachsrotem Himmel. Mit zehn Minuten Verspätung haben wir jetzt abgelegt. Wir bewegen uns ruhig und stetig zwischen 2500 Inseln. An Bord werden Rettungsvorschriften als Video eingespielt. Die Kinder sind darüber erfreut.

Ganze Kompanien. Ganze Kompanien mit Cowboyhüten sind hier an Bord. Und wie viele winzige Babies in Faltschachteln mitgeführt werden! Auch unter Deck dieses Gewimmel. Jetzt schütten sie mir Kaffee auf den Journaler. Überall sind sie mit Videokameras zugange. Es werden ununterbrochen Babies trockengelegt. Jetzt stürzen die Menschen alle auf eine Seite. Sicher ein Eisbär. Ich kann die deutsche Zunge neben der italjänischen grob erkennen. Violette Kletterausrüstungen und lindgrüne Känguruhbeutel. Sie rauchen und rauchen und werfen die Kippen ins Meer. Natürlich sind Japaner aufm Schiff.

Porträt. Auf der anderen Seite des Fjördurs verwandeln sich die Passagiere in Fußgänger, Radfahrer und Automobilisten und setzen sich nach verschiedenen Richtungen in Bewegung. Die zwei kessesten Wanderinnen mit Jeans im Lumpenlook, hervorragenden Knien, fragten gleich im Hafen Seeoffiziere, welche Richtung sie einschlagen sollten. Wir kurvten erst dicht am Wasser entlang, dann stieg unsere natürliche Straße steil an, und bis in die Nacht haben wir keinen Menschen getroffen, nicht mal ein Auto in der Ferne gesehn. Aufgelassene Höfe hatte es jenseits des Fjords schon gegeben, was die diesseitigen von denen unterschied, war die totale Abwesenheit von Schafen. Wodurch die Geröll- und Schuttlandschaft kalt und seelenlos wirkte, obgleich die Luft trockener, nahezu warm war. Nach Stunden kurz vor dem Pass auf der Straße 62 ein außerordentliches Steinbild, das die Straßenarbeiter für ihren Vorarbeiter errichtet haben. So groß wie ein Kirchturm, und der Kopf ist aus Zement, soll ne gespenstische Ähnlichkeit zeigen.

Aussteuer. Gerieten auf einen verlassenen Hof, vor dessen noch erkennbarem Garten der einstige fliegende Kaufmannsbus stand. Das Haus war halbzerfallen, ließ seine Gardinen wehen. Wir enterten den Bus und es war wie in einer Performance über angehaltenes Leben. In den Regalen lagen gutsortiert Zahnpastatuben, Anspitzer, Bleistifte, schimmlige Papiertaschentücher, ein knallrotes Sommerkleid hing unter einer Zellophanhülle. Ich bediente Max mit einem fabrikneuen Besteck für den neuen Studentenhaushalt. Im Garten dieses anscheinend eilig verlassenen Anwesens schwankten die schönsten alten Bäume: Ebereschen fassten ihn ein, es gab Birken und Tannen, zwei Apfelbäume. Auf dem Komposthaufen wuchs ein Kürbis. Brachvögel zeterten auf der Fernsehantenne, ich hatte das Gefühl, ein Eindringling zu sein. Ein Stück weiter auf der Straße sahen wir einen umgestürzten Kipper mit erstarrtem Zement.

Sommerhäuschen. Weiter weiter durch winzige Küstenorte bis Patreksfjördur, alle Quartiere waren ausgebucht, so dass wir mit einem halbfertigen Sommerhäuschen vorliebnehmen mussten. Das stellte sich als altisländisches Wellblechhüttchen heraus, mit einem neuen Fußboden und einem frischen Anstrich versehen, und es erschien dem Meister und Margarita sehr teuer. Sie hatten uns gerade vorgerechnet, was die Plastikteller gekostet hatten die sie unsretwegen anschaffen mussten. Sie können fuchsteufelswild werden, wenn ihnen was nicht preiswert erscheint. Nun sitzen wir also in diesem Häuschen, wo es nach Teer riecht von einer neuangelegten Straße, auf der ein paar Autos und Motorräder vorüberziehn. Ich bin erfreut, dass es solch luxuriöses Wannenbad gibt! Bislang standen uns nur schwächliche Duschen zur Verfügung.

Schwefelgelb. Kamen durch Patreksfjördur mit seiner neuen stillgelegten Fischmehlfabrik, dann fingen steile Abgründe an und trockene Schotterwüsten. In welchen der arktische Mohn häufig vorkam, nach dem ich mir auf Snaefellsnes umsonst die Augen ausgeschaut hatte. Dieser Papaver lapponicum ist gedrungener als die uns bekannte Gartenform, dicke bewimperte Stiele, die etwas vertragen können. Die Blütenblätter sind kürzer und von herrlichem leichtdurchsichtigen Schwefelgelb. Zwischen den Fjordbergen lagen Gebiete mit fruchtbarem Schwemmland, auf dessen freundlichen Wiesen reichere Bauern sich gerade weiße und schwarze Heueier drehten.

Erdenleben. An rosa Sandstränden vorüber gerieten wir schließlich ins Hochland und nach Stunden erreichten wir einen Hof, dessen Besitzer ein Museum eingerichtet hatte. Alles aus dem bäuerlichen Leben und dem der Fischer! Daguerreotypien und Fotografien, Hausrat, Werkzeuge, gräsige Spuren von Erdenleben. Wieder diese abgegessenen Hornlöffel, sogar Prothesen, Krücken, Hochzeitsgewänder, Möbelchen, auch ein paar feine Geräte, Stickrähmchen, eine chinesische Vase, aber wohlhabende Menschen hat es hier anscheinend nur in geringer Zahl gegeben. Viel Seekisten und Schiffszubehör. Alles was zum Pferdewesen gehört. Ich stand in einem schrägen Spiegel und kämmte mich, sah über die Berge.

Pulcinella di mare. Der Látrabjarg ist eine gigantische Steilküste, 14 km lang und nahezu 450 Meter hoch. Das ist Europas westlichster Ort, von Kap Bjargtangar mit seinem Leuchtturm sind es nur 278 km bis Grönland. Auf den Abbruchkanten standen die entzückenden Lundis, die Papageientaucher, häufig herum und man hatte den Eindruck, sie streicheln zu können. Die wussten dass sie unangreifbar waren. Trippelten und verbeugten sich, ruhige fröhliche Naturen, wenn man sie mit den grölenden Möwen verglich. Wir haben sie lange studiert, zerzaust vom atlantischen Wind. Max ernannte sie zu seinen Lieblingsvögeln, und prompt haben sie uns die schönen grüngläsernen Tunnels gezeigt die sie um sich wachsen lassen können, wenn sie die Luft mit dem Wasser vertauschen. Ihr italjänischer Name ist Pulcinella di mare. Wir konnten auch verschiedenen Alken in ihre Stuben sehen, sie lebten auf zwei Terrassen in einer WG mit Dreizehenmöwen.

Ende Europas. Von diesem äußersten westlichen Punkt also, vor dem geradeaus gleich die Arktis liegt, würde jede Bewegung mit unserem Automobil oder zu Fuß schon der Rückweg nach T. sein, ein heiterer Gedanke! Wir erfreuten uns stundenlang an verrückten runden Atlantikwolken, die wie Ufos aussehen, und fuhren auf dermaßen steilen bröckelnden Straßen, dass man als Beifahrer lieber nicht seitwärts blickte oder die Augen schloss. Es gab eine Pause am Meer, da war ein kunterbunter anstrengender Strand, Felsen, Seetangberge und angeschwemmte Bäume von entfernten Ufern machten uns süchtig, immer weiter zu kriechen. Kriegte einen perfekten Muschelring von Aegir vor die Füße geknallt, er passte und ich bedankte mich sehr. Kann ich für die Rücktour gebrauchen. Nette Schwämme in Wollweiß, eine Art Fingerhandschuhe für Elfen, hab ich gesehn, und Max badete klappernd an dieser magischen Stelle. Später waren wir erfreut über das wärmende Häuschen, auch der Meister und seine Lehrerin.

Fundstück. »Während ich mir die Landschaft betrachte, kommt der Bauer an mich herangeritten, deutet auf den See hinab, und ich verstehe zu meiner nicht angenehmen Überraschung so viel von seinem Isländisch und seinen Gebärden: wir müssen in der Richtung durch den See, welche das voranschwimmende Pferd nimmt. Endlich erreichen wir das Ufer. Da wird abgesessen, die Pferde werden gemustert und die Sattelgurte und Mantelsäcke festergeschnallt, die eigenen Kleider richtet man strammer und dichter. In einigen Augenblicken wieder zu Pferde, nimmt man die Zügel in der gehörigen Länge, bringt sie in die rechte Lage und so geht es hinein in die Flut, mit derselben Sicherheit, wie man anderswo eine Brücke betritt.«

Fundstück. »Als wir kaum zehn Schritte weit im Wasser geritten, lief es schon den Pferden nahe über dem Rücken zusammen. Der Wind wälzte die schäumenden Wellen uns gerade entgegen. Wenn ein Fluss so tief ist, dass die Pferde fast schwimmen müssen, ist das anfangs immer etwas unheimlich. In diesem Falle war der Grund des Bettes ausgezeichnet gut, ganz fester Lehmboden, so dass man den Fußtritt der Pferde heraufschallen hörte, und das machte den Ritt völlig gefahrlos.«

Drama. Im Dezember 1947 gab es eine spektakuläre Rettungsaktion in den Klippen des Látrabjargs. Medaillen, Fotos und Zeitungsberichte haben wir dort in dem kleinen Leuchtturm-Museum gesehen. Der britische Trawler Dhoon lief bei schwerer See auf Grund, die durch das Eiersammeln in den Klippen trainierten Einwohner seilten sich ab und holten die zwölf Überlebenden aus der Tiefe während fürchterlicher Wetterumstände. Es waren 120 Meter hohe vereiste Berghänge zu überwinden, als Krönung eine 30 Meter steile Wand. Freitag, den 12. Dezember 1947 gegen Mittag war die Dhoon in die Felsen geknallt, am darauffolgenden Montag um 15 Uhr war der letzte der Briten im Warmen auf einem der nächstliegenden Höfe. Und als man diese Rettungsaktion für einen Film später nachspielen wollte, strandete zufällig an der gleichen Stelle wieder ein britischer Trawler. So entstand ein Dokumentarspielfilm.

Paradies. Punkt zehn fuhren wir los. Wieder am Vorarbeiter vorüber mit seinem aasigen Lächeln. Die Fähre wurde von noch wilderen Winden als auf der Herfahrt geschüttelt, und noch mehr Passagiere waren am Kotzen. Der Wahnsinnswind blieb uns auf der Snaefellsnes-Halbinsel erhalten. Nach der Kargheit der Westfjorde aber glaubten wir im Paradies zu sein. Grünes Land, bunte Berge, Menschen die sich auf den Wiesen bewegten, Pferde und Schafe, lärmende Trecker. Wie der Wind in den fruchtbaren Tälern durch die schwarzährigen Seggen oder das Wollgras lief! Und rotgefärbte spitze Vulkane, vielfarbige Schatten und Wolkengestalten. Ufos, Drachen, Palmen, Mäuler und Münder, seltsames Volk.

Hlid. Etwas nördlich von der Walfjordbucht fanden wir eine tolle Hütte. Der Hof heißt Hlid, die Haustochter rannte mit Handtüchern vornweg. Es ist eine Gegend mit gutem Land. Der Bauer mähend. Unsere kleene Villa ist ein umgebauter Stall. Groß und schön, alle Küchengeräte vom Eischneider bis zum Waffeleisen. Edle weiße Eschenmöbel. Jetzt haben wir unsere Vorräte zum letzten Mal ausgepackt und kochen ein Festmahl. Vor dem Haus glänzet das Wollgras.

Thors Hammer. Blaugestrichenes Wellblech, Betonvillen mit grünen Dächern in gläserner Luft, von orangefarbenen Hubschraubern überflogen, so bot Reykjavík sich uns dar, und ich konnte von meinem Hotelfenster im dritten Stock auch noch den Snaefellsjökull erblicken, habe den Pagen geküsst. Bin durch die Lieblingshauptstadt gesprungen, für meine Mutter ne isländische Sternenstrickjacke gekauft. Für Max die neueste Bubbi- und Runar-Kassette, hoffentlich bringt er die nicht auch aus der Stadt mit. Für meinen Hals hab ich ne Replik aus dem Nationalmuseum. Aus schwerem Silber ne Schlangenkette mit Thors Hammer, sieht aufn ersten Schlag wie ein Kreuz aus.

Alte schottische Uhr. Umwerfend war es und traurig, aber er lachte über sich selbst wenn er sich in Worten verhedderte, die ihn gefesselt hielten. Und ich bekam immer noch wie bei vorangegangenen Besuchen als einzige von den anwesenden Weibern einen Handkuss. Der isländische Verleger war vorhanden mit seiner Frau, die Tochter Filmemacherin, ein paar Wikinger und Schönheiten aus dem Schauspielgebiet, die alte schottische Uhr aus Laxness' Kindertagen. Unser herrlicher Dichter lief um den Tisch als wollte er uns entkommen, hätte die Nase voll von all dem Geschwätz, aber dann fesselte ihn wieder ein Wort. Er sprach immer noch in verschiedenen Sprachen, und wenn er den Faden verlor, lachte er bloß. Nimmt einen mit, solch einen Bewunderten in den Fängen von Sir Alzheim zu finden.

Das Glück ist eine Kreditkarte. So finster es aussehen mag, dass er nie wieder was schreiben wird und kaum noch er selbst ist, alles verwandelt sich weiter. So hat er mit Klavierspielen angefangen. Seine Frau verwunderte sich, dass er Schubert-Sonaten ohne geübt zu haben nächtelang großartig spielt. Und wir haben uns schon durch die rasenden und fliegenden Container bis auf das Schiff gerobbt und unsere Kabinen gefunden. Wir sind zu zweit, der Meister und Margarita nehmen den Luftweg. Der Volvo steht noch an Land. An Bord scheint es nicht voll zu werden. Hab mir ein fehlendes Laken aus dem dressingroom geholt. Weiß noch wo sich alles befindet. Wir sind mit Kuchen versehen, werden erst ab morgen verpflegt. Die Mannschaft kontrolliert die blauen und roten und silbernen Container, die leuchten wild in der Abendsonne. »Das Glück ist eine Kreditkarte« singen Bubbi und Runar in Maxens Kopp, was er mir etwas zu laut mitteilt. Wir legen immer noch nicht ab. Wenigstens ist das Automobil inzwischen im Bauch des Wales untergebracht.

Christliche Nächstenliebe. Außer uns sind nur vier Passagiere an Bord. Ein Pfarrer aus Süddeutschland mit seiner Frau, dessen Passion die Seefahrt ist. Er kennt jeden historischen, jeden zeitgenössischen Kahn. Dann ein Deutscher, der in Island ansässig ist, Veterinär, Pensionist, Honorarkonsul, Großmaul – alles in einer Person, mit einer Gattin die niemand zu sehen bekommt. Er will seine Söhne besuchen, die im Vogtland nach dem Mauerfall ne Textilfabrik erbten. Keen Benehmen, nicht ne Spur Etiquette. Naja, alles Übungen in Toleranz, schwerster christlicher Nächstenliebe. Es regnet und wir fahren inzwischen die Südküste ab. Der Seefahrer-Pfarrer lungert herum, möchte so gern auf die Brücke. Er ist in Hamburg geboren und entsprechend zurückhaltend. Der Viehdoktor lebte früher in Flensburg und ist Freimaurer. Kriegt von Bruder Bankdirektor einen feschen Kredit. Erfährt man alles beim Frühstück.

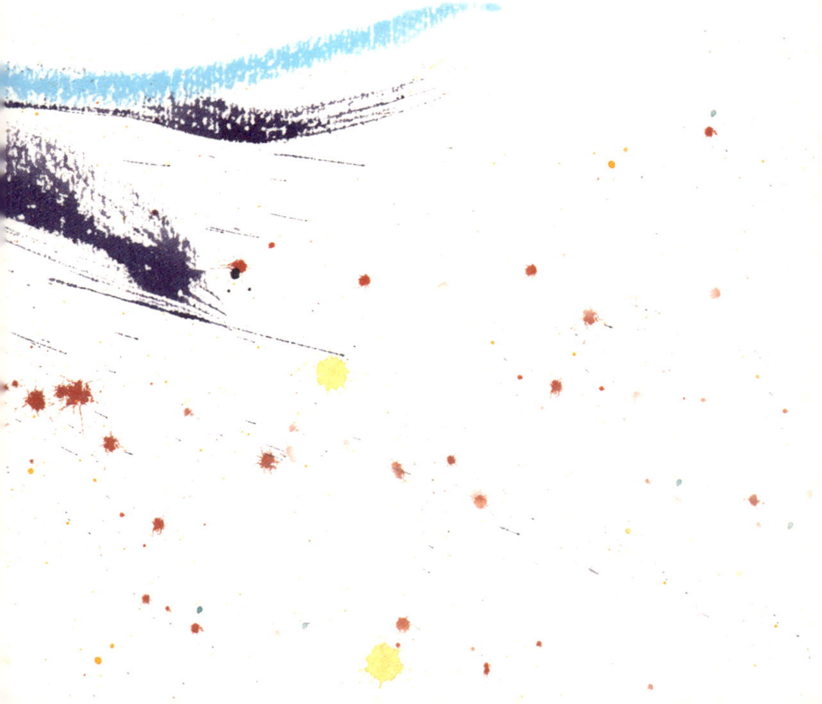

Flug-Container. Wir hängen in den Kojen und der Wetterbericht, der am Morgen aus dem Fernschreiber rollte, zeigt an, dass wir uns innerhalb eines Tiefs am Rand von Kalt- und Warmfront befinden. Der Steward sagte, dass sie auch im Winter bei jedem Wetter unterwegs sind. Bei einem Orkan kann es geschehen, dass die ganze Mannschaft auf der Brücke eintrudelt, sich gegenseitig festhält, weil sowieso niemand arbeiten oder kochen oder schlafen, schon gar nicht essen kann. Dass sie mal einen Container verlieren, oder zwei. Es ein Glück ist, wenn die seitlich verschwinden. Er zeigte Fotos von der aufgedonnerten See bei Windstärke 12, dagegen sind die heutigen Wellen Waisenkinder. Wir haben uns vom Purser ne Pulle Rotwein geholt, und Max hat das isländische Wort für Korkenzieher gelernt.

Aegir brüllt. Der Kahn schlingert beträchtlich. Man gerät beim Gehen stets in ein interessantes Loch. Das Meer tobt so wild – ich denke ich stecke meinen Muschelring an den Finger. Thors Hammer hab ich dann auch noch. Delphine begleiten das Schiff, sie wollen sich Leckerbissen abholen. Reste, die der Koch abends ins Meer haut. Delphine sind dermaßen meergraue Wesen, dass man sie nur zufällig entdeckt. Max hat Kaffee geholt. Schwerstarbeit bei dem Seegang. Es fällt in der Kajüte alles mögliche um. Die Laxfoss geht nicht nur rauf und runter sondern gleichzeitig hin und her. Die Bullaugen sind salzverkrustet und trüb. Aegir brüllt. Will seine Fische retour.

Kratzgeräusche. Das Schiff und die Wetterfronten seien schräg aufeinander getroffen, jetzt wärn wir hindurch, sagt der Pfarrer der Liebhaber der Schiffe und der Meteorologie. Wir würden heute wahrscheinlich die schottische Küste erblicken. Die Uhr ist zu verstellen. Müsste das Schwesterschiff noch erscheinen, die Brúarfoss. Heute haben wir grobe Kratzgeräusche um die Ohren, das Schiff wird an vielen Stellen entrostet. Morgen oder übermorgen lackiert. Der Ozean ist grünschwarz und bleckt mit weißen Zähnen uns an. Max hat eine schottische Kassette im Walkman. Der Veterinär referiert bei Tisch über Pisse als Konservierungsmittel und zählt auf, woran seine Freunde gestorben sind. Die Frau haben wir noch immer nicht gesehen.

Potpourri. Ich befand mich im Traum, das bewirkt anscheinend die englische Küste, in York in einem uralten Haus vor der Stadtmauer gelegen, ähnlich meinem rosageblümten Puppenhotelchen vom Frühjahr. Ich war gerade aus den Mooren der Brontës gekommen und wendete mich dem Kaminfeuer in der Halle zu. Aus der Bibliothek tönten Stimmen. Ich fand es wieder ergreifend, in einem Hotel so auf Bücher zu stoßen. Hörte die gedämpften Stimmen auch noch, als ich mich in meinem Zimmer befand. Später veränderte sich der Grundriss so alten Hauses! Ich nahm niegesehene Türen und Meubeln wahr, hörte Herrschaften, die ihre versunkenen Probleme aufleben ließen. Später einen Brillantring suchten. Ich bat sie, doch Licht zu machen. Sie sagten, es sei kein Petroleum da. Ich roch die getrockneten Rosenblätter, Jasmin, Lavendel, ein Potpourri weit auf dem Meer.

Open University. Ich versuchte Max zu wecken, indem ich sagte, dass die englische Küste seit geraumer Zeit zu erkennen wär, schlichte Atomkraftwerke, Feuerschiffe, im Hintergrund schwarzgrüne Wälder. Max schlief weiter, murmelte er schliefe ja nicht. Vertrieb mir die Zeit mit einem TV-Programm »The Open University« geheißen, das trotz einiger Bildausfälle und beuliger Ausstülpungen, oder gerade deswegen, mein Interesse in Anspruch nahm. Ward Haydn gespielt, mit klugen Erörterungen wie ein Wildbret gespickt, damit es besser verdaut werden kann. Gestern haben wir auf diesem Kanal eine Vorlesung über nicht-euklidische Mathematik empfangen und uns ausgemalt, wie abends der Mann nach Hause kommt und seine Frau ihm alles wie einen Thriller serviert. Heute spricht sie dann von der sogenannten »Englischen Sinfonie« und wie es dazu gekommen ist. Dass Zigeunerweisen drinstecken, die Haydn am Esterházy'schen Hof gehört hat, weil er die Brüder da kannte. Wie er Dissonanzen draus machte, und über die Rolle des Cellos reden Mann und Frau bis in den Morgen.

Wieder in Immingham. Sind durch den Schlund des Schiffes auf änglischen Boden gelangt. Sie werfen keine Gangway mehr aus für zwei oder drei unnütze Passagiere. Vertraten uns die Füße im Hafen und zogen dauernd die Köppe ein, aber die Kneipe war genauso geschlossen wie die Seemanns-Mission. Stiegen über uralte Schleusentore, sahen dem Schichtwechsel von Schleppern zu. Trotteten wieder an Bord. Sie wollen hier schnell fertig werden. Wir auch.

Kinderprogramme. Nun sehen wir englischverrückte Kinderprogramme. Bekleidete Totengerippe erklären den Tierpark. Alles anders als in Germany, herrlich bizarr. Wir lachen ununterbrochen. Die Westwinde schieben uns so, dass wir bereits um 16 Uhr in Hamburg sein können. Es wird immer wärmer. Ich werd noch ein T-Shirt hervorkramen müssen. Deutsche Nachrichten, nix Exzentrisches mehr. Es geht um den Botschaftsflüchtling Honecker nun. Die Passagiere kehren in den Alltag zurück. Jeder beschäftigt sich mit seinem eigenen Krempel. Der Pastor packt die Seekarten ein. Der Honorarkonsul ist stumm und fürchtet sich vor dem Fortgang der Reise. Wir freuen uns auf T., wo wir uns wochenlang ausruhen können. Die wundersame Reise muss sich ja setzen. Auf den Seelengrund mit Schneefeldern dazwischen und violetten Gletschern. Goldocker das dicke Moos dazwischen Silberwurz, vom Wind sacht gerührt nicht geschüttelt, Islandhoch.